W9-CZY-258

VEO
NAVIDAD

UN LIBRO DE
ADIVINANZAS
ILUSTRADAS

Fotografías por Walter Wick

Adivinanzas por Jean Marzollo

Traducción por Aída Marcuse

Cartwheel
·B·O·O·K·S·®

SCHOLASTIC INC.

New York   Toronto   London   Auckland   Sydney

Para mis padres, Betty y Peter Wick

W. W.

Disponible en español:

VEO: UN LIBRO DE ADIVINANZAS ILUSTRADAS

Búsquelo en su librería favorita.

Diseño de Carol Devine Carson

Library of Congress Cataloging-in-Publication Data

Wick, Walter.
  [I spy Christmas.   Spanish]
    Veo Navidad : un libro de adivinanzas ilustradas / fotografías por
  Walter Wick ; adivinanzas por Jean Marzollo ; traducción por Aida
  Marcuse.
      p.   cm.
    "Cartwheel Books."
    ISBN 0-590-50197-6
    1. Picture puzzles — Juvenile literature.   2. Christmas — Juvenile
  literature.   3. Picture puzzles.   4. Christmas — Miscellanea.   I.
  Marzollo, Jean.   II. Title.
  [GV1507.P47W51918   1995]   95-6762
                                                        CIP
                                                        AC

ÍNDICE

¡Vuelve las páginas y presta atención!
¡En este libro se esconde un león!

Las rimas de VEO son una gran diversión,
usa los ojos y la imaginación.

Veo un ángel, un reloj, un pato y un pez,
Santa en su trineo y dos pájaros al revés,

una rana en una hoja, un osito marrón,
un ratón con su llave y un acordeón.

Veo un caballo, un oso blanco y un dedal,
una lámpara que cuelga y un ángel de cristal,

un tambor en el aire, un conejito sentado,
una trompeta y una taza con borde dorado.

Veo tres gallinas en fila, un martillo y un león,
un autobús rojo, cuatro músicos y un balón,

un lazo amarillo, un farol, dos elefantes,
tres velas blancas y una corona de brillantes.

Veo dos pájaros azules, un regalo pequeño,
cuatro almendras y una bota sin dueño,

una orquesta de seis osos, una paloma que no se mueve,
dos cordones rojos y dos plumas en la nieve.

Veo cinco trineos, un par de guantes rosados,
cuatro pares de patines y un candado dorado,

dos mitones, tres cascabeles, una J al revés,
dos palomas, un gatito y la mitad de una nuez.

Veo cinco Santas con regalos y tres cerditos,
dos guitarras, un reloj y nueve angelitos,

un bastón de caramelo, un cinturón con una B,
un árbol roto y una bota en un pie.

Veo una casita, una tijera, dos gallitos agitados,
una aguja con hilo rojo y cuatro cascabeles dorados,

un ratón con un gorro, un gato que reposa,
un pájaro de alas doradas y dos mariposas.

Veo un ganso, un payaso acostado,
un policía sin silbato y un gato parado,

la llave de una cerradura, un resorte de acero,
dos viejitas sonrientes y una vaca con un ternero.

Veo una cebra, un pescador con un pescado,
la torre de una iglesia y un bebé recostado,

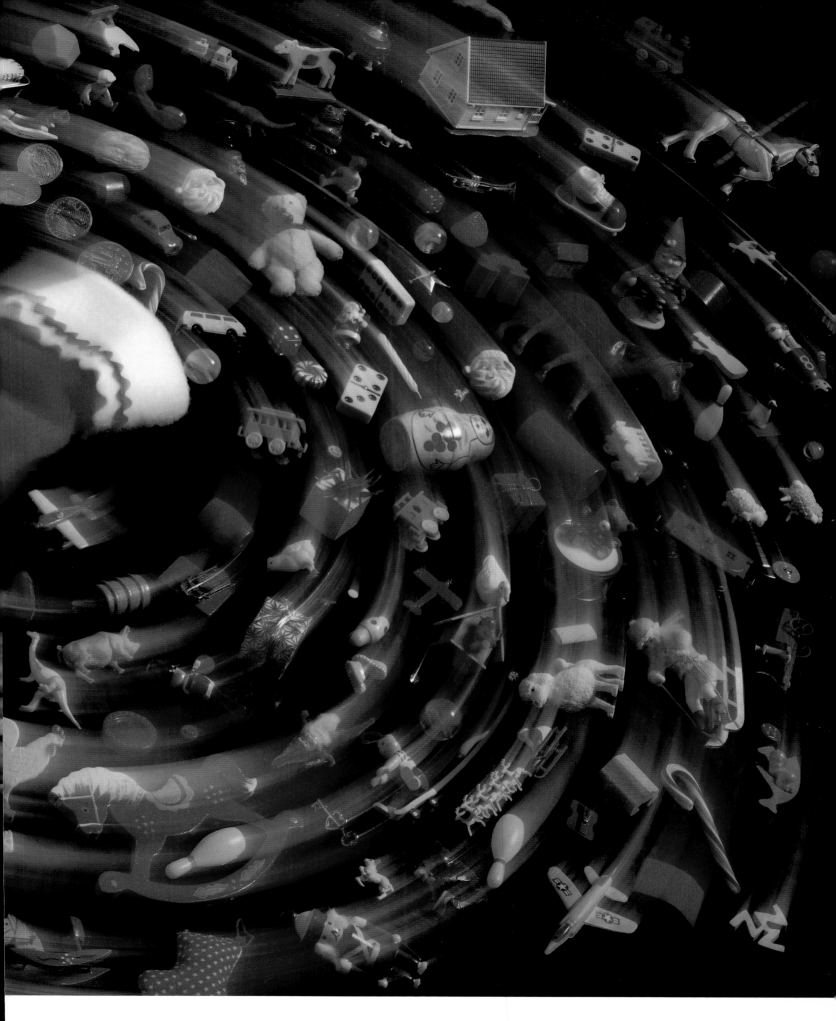

un sacapuntas azul, unos anteojos morados,
tres piezas de dominó y dos zapatitos rosados.

Veo una mano que señala, a Santa sentado,
un pez y un oso con una campana al costado,

la cabeza de una mujer, una estrella,
tres corazones y una muñeca muy bella.

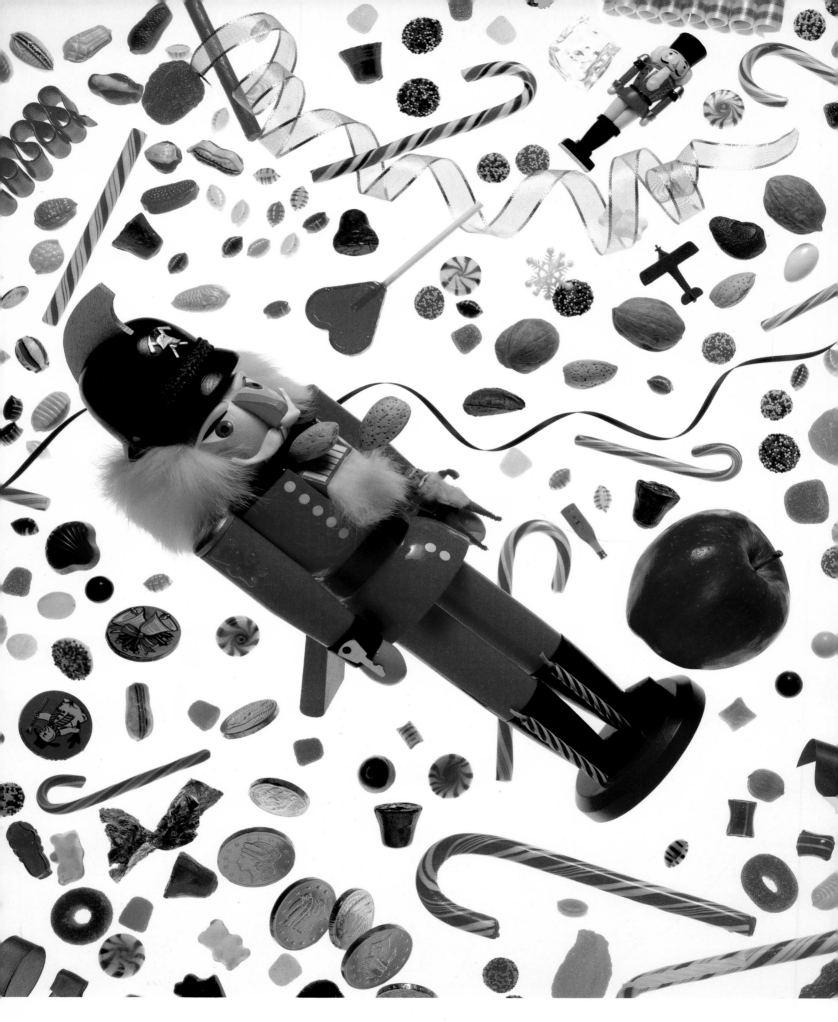

Veo una cascarita de lima, un corazón de caramelo,
una zanahoria que hace de nariz, un cubito de hielo,

una taza, una hachita que rompe una nuez,
una llave y un dibujo con dos campanas al revés.

Veo la sombra de una estrella, a Santa con un bastón,
una carroza de oro y un caramelo en un sillón,

un vagón de tren, cuatro tarjetas de Navidad;
veo notas musicales y una manzana de verdad.

Veo la sombra de un patín, una pala y un gallo,
una zapatilla de ballet, un guante y un caballo.

Veo a Santa en su trineo, una iglesia iluminada,
un anillo y una paloma en el cielo reflejada.

MÁS ADIVINANZAS

¿QUIÉN SERÁ?

Estoy sentado en un estante, justo arriba de un oso
y en todas las fotos, me puedes ver atento y silencioso.

Busca las fotos que corresponden a estas adivinanzas:

Veo un canguro, un caballo de ajedrez,
un guardia verde y un dado con un seis.

Veo dos muñecos con alas y dos mitones,
una tetera y un vestido con botones.

Veo una pera, un cisne, una trompeta,
una W, una R y una Z.

Veo un avión azul, una mandarina,
dos peras, una llave y una bailarina.

Veo siete ciervos, una llave enterrada,
un cisne, un collar y una araña muy ocupada.

Veo un osito verde, tres ardillas
y cuatro velas con llamas amarillas.

Veo un paraguas, tres dulces, las notas de una canción,
un cochecito verde y un perrito blanco y marrón.

Veo dos piedras en la nieve, un pájaro rosado,
un cesto de paja y un conejo sentado.

Veo cuatro perritos de cartón, un Rey Mago acostado,
un paquete con un lazo y un cascabel plateado.

Veo tres trompos, una lima de metal,
un pavo y una muchacha con delantal.

Veo un zapato roto, dos ovejas en un camión,
un lazo azul y junto a un tambor, un acordeón.

Veo una silla, una bomba de gasolina,
un conejo y un zapato en una esquina.

Veo un caballo, un farol de alumbrado,
una moneda y un camión bien resguardado.

Escribe tus propias adivinanzas

En este libro hay muchos otros objetos escondidos con los que se pueden hacer adivinanzas. Escribe adivinanzas que rimen y diles a tus amigas y amigos que encuentren los objetos correspondientes.

Agradecimientos

Antes que nada, queremos agradecerles a Grace Maccarone, jefa editora, y a Bernette Ford, directora de publicaciones de Cartwheel Books, por la ayuda tan generosa que nos brindaron durante la producción de *VEO: Un libro de adivinanzas ilustradas* y *VEO NAVIDAD.* También queremos darles las gracias a Jean Feiwel, Barbara Marcus, Edie Weinberg, John Illingworth, Lenora Todaro y todas las otras personas de Scholastic, por su apoyo.

Así mismo deseamos darle las gracias a nuestra agente, Molly Friedrich, de la agencia literaria Aaron M. Priest, por su ingenio, sabiduría y su capacidad de resolver los problemas con creatividad.

Les damos las gracias a los artistas Missy Stevens y Tommy Simpson por habernos permitido utilizar su extraordinaria colección de ositos de peluche, ornamentos antiguos y adornos de Navidad.

Finalmente, queremos darles las gracias a Dora Jonassen por las galletitas, a Evan G. Hughes por las plantas, a Christopher M. Hayes y Linda Bayette por ayudarnos con *El taller de Santa,* a Verde Antiques por los artículos de *La vidriera de una juguetería,* a Katherine O'Donnell y Marianne Alibozak por ayudarnos con las fotografías y a Linda Cheverton-Wick por el magnífico ojo artístico que posee.

Walter Wick y Jean Marzollo

Cómo se hicieron las fotografías de este libro

Excepto la foto de *Ositos de peluche,* que fue tomada en la casa de unos amigos, el arreglo para cada fotografía fue creado por Walter Wick. Primero, hizo un escenario para cada foto, de aproximadamente 4′ x 8′, de madera, con estantes, de tela metálica, con una ventana vieja, relleno para almohadas o cualquier otro material que fuese necesario, como levadura, que utilizó para simular la nieve en *Noche de paz.* Luego, Wick colocó en los escenarios objetos con nombres que riman y otros que no y escondió algunos. Después iluminó la escena para crear sombras, fondo y el ambiente que deseaba y tomó fotografías con una cámara provista con un lente de 8″ x 10″. Cuando quedaba satisfecho con la calidad artística de la foto, Wick desmantelaba el escenario y preparaba uno nuevo para la fotografía siguiente. Los escenarios sobreviven sólo en las fotografías y en la imaginación del lector.

Walter Wick, el fotógrafo de *VEO: un libro de adivinanzas ilustradas* y *VEO NAVIDAD,* ha creado muchas adivinanzas visuales para la revista *Games.* Trabaja como fotógrafo para las revistas *Let's Find Out* y *Super Science,* que publica Scholastic. Ha diseñado las portadas de más de trescientos libros y revistas, incluyendo las de *Newsweek, Fortune* y *Psychology Today.* Vive en la ciudad de Nueva York. Éste es el segundo libro para niños que hace para Scholastic.

Jean Marzollo ha escrito muchos libros de rimas para niños, entre ellos, *VEO: un libro de adivinanzas ilustradas* y *En 1492.*

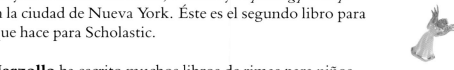

Carol Devine Carson, la diseñadora de *VEO: un libro de adivinanzas ilustradas* y *VEO NAVIDAD,* es la directora de arte de una gran editorial de Nueva York.